열두 개의 달 시화집
八月.
그리고 지중지중 물가를 거닐면

열두 개의 달 시화집
八月.
그리고 지중지중 물가를 거닐면

윤동주 외 지음
앙리 마티스 그림

저녁달
고양이

팔월 보름은
아! 한가윗날이건마는
님을 모시고 지내야만
오늘이 뜻있는 한가윗날입니다.

_고려가요 '동동' 중 八月

차
례

一日。 바다 _백석

二日。 바다 _윤동주

三日。 하이쿠 _부손

四日。 창공(蒼空) _윤동주

五日。 둘 다 _윤동주

六日。 산촌(山村)의 여름 저녁 _한용운

七日。 소낙비 _윤동주

八日。 조그만 정거장 _노천명

九日。 고추밭 _윤동주

十日。 바다 2 _정지용

十一日。 화경(火鏡) _권환

十二日。 어느 날 _변영로

十三日。 하이쿠 _바쇼

十四日。 해바라기 얼굴 _윤동주

十五日。 소나기 _윤곤강

十六日。 바다로 가자 _김영랑

十七日。 조개껍질 _윤동주

十八日。 비스뒤 _윤동주

十九日。 아지랑이 _윤곤강

二十日。 봉선화 _이장희

二十一日。 들에서 _이장희

二十二日。 수박의 노래 _윤곤강

二十三日。 빗자루 _윤동주

二十四日。 저녁노을 _윤곤강

二十五日。 하이쿠 _교리쿠

二十六日。 바다에서 _윤곤강

二十七日。 나의 밤 _윤곤강

二十八日。 하이쿠 _바쇼

二十九日。 물 보면 흐르고 _김영랑

三十日。 여름밤 공원에서 _이장희

三十一日。 어디로 _박용철

바다

백석

바닷가에 왔드니
바다와 같이 당신이 생각만 나는구려
바다와 같이 당신을 사랑하고만 싶구려

구붓하고 모래톱을 오르면
당신이 앞선 것만 같구려
당신이 뒤선 것만 같구려

그리고 지중지중 물가를 거닐면
당신이 이야기를 하는 것만 같구려
당신이 이야기를 끊는 것만 같구려

바닷가는
개지꽃에 개지 아니 나오고
고기비눌에 하이얀 햇볕만 쇠리쇠리하야
어쩐지 쓸쓸만 하구려 섧기만 하구려

바다

실어다 뿌리는
바람처럼 시원타.

솔나무 가지마다 새침히
고개를 돌리어 뻐들어지고,

밀치고
밀치운다.

이랑을 넘는 물결은
폭포처럼 피어오른다.

해변에 아이들이 모인다.
찰찰 손을 씻고 구보로.

바다는 자꾸 섧어진다,
갈매기의 노래에……

돌아다보고 돌아다보고
돌아가는 오늘의 바다여!

여름 냇물을 건너는 기쁨이여,
손에는 짚신

夏川を こすうれしさよ 手に草履。

부손

창공(蒼空)

그 여름날
열정(熱情)의 포푸라는
오려는 창공(蒼空)의 푸른 젖가슴을
어루만지려
팔을 펼쳐 흔들거렸다.
끓는 태양(太陽)그늘 좁다란 지점(地點)에서.

천막(天幕) 같은 하늘밑에서
떠들던 소나기
그리고 번개를,

춤추던 구름은 이끌고
남방(南方)으로 도망하고,
높다랗게 창공(蒼空)은 한폭으로
가지 위에 퍼지고
둥근달과 기러기를 불러왔다.

푸드른 어린 마음이 이상(理想)에 타고,
그의 동경(憧憬)의 날 가을에
조락(凋落)의 눈물을 비웃다.

둘 다

윤동주

바다도 푸르고
하늘도 푸르고

바다도 끝없고
하늘도 끝없고

바다에 돌던지고
하늘에 침 뱉고

바다는 벙글
하늘은 잠잠

산촌(山村)의 여름 저녁

산 그림자는 집과 집을 덮고
풀밭에는 이슬 기운이 난다
질동이를 이고 물짓는 처녀는
걸음걸음 넘치는 물에 귀밑을 적신다.

올감자를 캐여 지고 오는 사람은
서쪽 하늘을 자주 보면서 바쁜 걸음을 친다.
살진 풀에 배부른 송아지는
게을리 누워서 일어나지 않는다.

등거리만 입은 아이들은
서로 다투어 나무를 안아 들인다.

하나씩 둘씩 돌아가는 가마귀는 어데로 가는지 알 수가 없다.

소낙비

윤동주

번개, 뇌성, 와자지근 뚜다려
먼-ㄴ 도회지에 낙뢰가 있어만 싶다.

벼루짱 엎어논 하늘로
살 같은 비가 살처럼 쏟아진다.

손바닥만한 나의 정원이
마음같이 흐린 호수되기 일쑤다.

바람이 팽이처럼 돈다.
나무가 머리를 이루 잡지 못한다.

내 경건(敬虔)한 마음을 모셔드려
노아 때 하늘을 한모금 마시다.

조그만 정거장

노천명

땡볕에 채송화가 영악스럽고
코스모스는 외로운
조그만 정거장…
수건 쓴 능금 장수 여인은 말이 거세고
나는 아는 이가 없어 서글펐다.

젊은 양주가 데리고 나간
빨간 양복의 사내애기는
외가엘 간다고 좋아라 뛰었다.

고추밭

윤동주

시들은 잎새 속에서
고 빠알간 살을 드러내 놓고,
고추는 방년(芳年)된 아가씬양
땍볕에 자꾸 익어 간다.

할머니는 바구니를 들고
밭머리에서 어정거리고
손가락 너어는 아이는
할머니 뒤만 따른다.

바다 2

정지용

한 백년 진흙 속에
숨었다 나온 듯이,

게처럼 옆으로
기여가 보노니,

머언 푸른 하늘 알로
가이 없는 모래 밭.

화경(火鏡)

별들은 푸른 눈을 번쩍 떴다
심장을 쿡쿡 찌를 듯
새까만 하늘을 이쪽저쪽 베는
흰 칼날에 깜짝 놀랜 것이다

무한한 대공(大空)에
유구한 춤을 추는
달고 단 꿈을 깬 것이다

별들은 낭만주의를 포기 안 할 수 없었다

어느 날

변영로

어느 찌는 듯 더웁던 날 그대와 나 함께
손목 맞잡고 책이나 한 장 읽을까
수림 속 깊이 찾아 들어갔더니

틈 잘타는 햇발 나뭇잎을 새이어
앉을 곳을 쪽발벌레 등같이
아룽아룽 흔들리는 무늬 놓아

그대의 마음 내마음 함께 아룽거려
열없어 보려던 책 보지도 못하고
뱀몸 같은 나무에 기대 있었지.

서늘하게 누워서 벽을 밟고 낮잠을 잘까.

ひやひやと壁をふまへて昼寝(ひるね)かな。

바쇼

해바라기 얼굴

윤동주

누나의 얼굴은
— 해바라기 얼굴
해가 금방 뜨자
— 일터에 간다.

해바라기 얼굴은
— 누나의 얼굴
얼굴이 숙어들어
— 집으로 온다.

소나기

윤곤강

바람은 희한한 재주를 가졌다

말처럼 네 굽을 놓아
검정 구름을 몰고와서
숲과 언덕과 길과 지붕을 덮씌우면
금방 빗방울이 뚝 뚝……
소내기 댓줄기로 퍼부어

하늘 칼질한 듯 갈라지고
번개 번쩍! 천둥 우르르르……
얄푸른 번개불 속에
실개울이 뱅어처럼 빛난다

사람은 얼이 빠져 말이 없고
그림자란 그림자 죄다아 스러진다

바다로 가자

바다로 가자 큰 바다로 가자
우리 인제 큰 하늘과 넓은 바다를 마음대로 가졌노라
하늘이 바다요 바다가 하늘이라
바다 하늘 모두 다 가졌노라
옳다 그리하여 가슴이 뼈근치야
우리 모두 다 가자구나 큰 바다로 가자구나

우리는 바다 없이 살았지야 숨 막히고 살았지야
그리하여 쪼여들고 울고불고 하였지야
바다없는 항구 속에 사로잡힌 몸은
살이 터져나고 뼈 퉁겨나고 넋이 흩어지고
하마터면 아주 거꾸러져 버릴 것을
오! 바다가 터지도다 큰 바다가 터지도다

쪽배 타면 제주야 가고오고
독목선(獨木船) 왜섬이사 갔다왔지
허나 그게 바달러냐
건너 뛰는 실개천이라
우리 3년 걸려도 큰 배를 짓잤구나
큰 바다 넓은 하늘을 우리는 가졌노라

우리 큰 배 타고 떠나가자구나
창랑을 헤치고 태풍을 걷어차고
하늘과 맞닿은 저 수평선 뚫으리라
큰 호통하고 떠나가자구나
바다 없는 항구에 사로잡힌 마음들아
툭 털고 일어서자 바다가 네 집이라

우리들 사슬벗은 넋이로다 풀어놓인 거레로다
가슴엔 잔뜩 별을 안으렴아
손에 잡히는 엄마별 아기별
머리 위엔 그득 보배를 이고 오렴
발 아래 쫙 깔린 산호요 진주라
바다로 가자 우리 큰 바다로 가자

조개껍질

윤동주

아롱다롱 조개껍데기
울 언니 바닷가에서
주어온 조개껍데기

여긴여긴 북쪽나라요
조개는 귀여운 선물
장난감 조개껍데기

데굴데굴 굴리며 놀다
짝 잃은 조개껍데기
한짝을 그리워하네

아롱아롱 조개껍데기
나처럼 그리워하네
물소리 바닷물소리.

비 ㅅ 뒤

윤동주

「어 — 얼마나 반가운 비냐」
할아바지의 즐거움.

가믈들엇든 곡식 자라는 소리
할아바지 담바 빠는 소라와 같다.

비ㅅ뒤의 해ㅅ살은
풀닢에 아름답기도 하다.

아지랑이

윤곤강

머언 들에서
부르는 소리
들리는 듯

못 견디게 고운 아지랑이 속으로
달려도
달려가도
소리의 임자는 없고,

또다시
나를 부르는 소리,
머얼리서
더 머얼리서,
들릴 듯 들리는 듯…….

봉선화

이장희

아무것도 없던 우리집 뜰에
언제 누가 심었는지 봉선화가 피었네.
밝은 봉선화는
이 어두컴컴한 집의 정다운 등불이다.

들에서

이장희

먼 숲 위를 밟으며
빗발은 지나갔도다

고운 햇빛은 내리부어
풀잎에 물방울 사랑스럽고
종달새 구슬을 굴리듯 노래 불러라

들과 하늘은 서로 비추어
푸린 빛이 바다를 이루었나니
이 속에 숨쉬는 모든 것의 기쁨이여

홀로 밭길을 거니매
맘은 개구리같이 젖어 버리다

수박의 노래

윤곤강

나는 밭고랑에 누운 한 개 수박이라오

아이들이 차다 버린 듯 뽈처럼
멋없이 뚱그런 내 모습이기에
푸른 잎 그늘에 반듯이 누워
끓는 해와 흰 구름 우러러 산다오

이렇게 잔잔히 누워 있어도
마음은 선지피처럼 붉게 타
돌보는 이 없는 설움을 안고
아침이나 낮이나 저녁이나 슬프기만 하다오

여보! 제발 좀 나를 안아 주세요
웃는 얼굴 따스한 가슴으로
아니, 아니, 보드라운 두 손길로
이 몸을 고이고이 쓰다듬어 주세요

나는 밭고랑에 누운 한 개 수박이라오

빗자루

윤동주

요오리 조리 베면 저고리 되고
이이렇게 베면 큰 총 되지.
— 누나하고 나하고
— 가위로 종이 쏠았더니
— 어머니가 빗자루 들고
— 누나 하나 나 하나
— 엉덩이를 때렸소
— 방바닥이 어지럽다고
— 아아니 아니
— 고놈의 빗자루가
— 방바닥 쓸기 싫으니
— 그랬지 그랬어
괘씸하여 벽장 속에 감췄더니
이튿날 아침 빗자루가 없다고
어머니가 야단이지요.

저녁노을

윤곤강

저녁노을
하늬바람 속에
수수잎이 서걱인다
목화밭을 지나
왕대숲을 지나
언덕 우에 서면

머언 메 위에
비눌구름 일고
새소리도 스러지고
짐승의 자취도 그친 들에
노을이 호올로 선다

산들바람,
벼가 푸릇푸릇 자란 논,
그 위에 구름 그림자.

涼風(すずかぜ)や靑田(あおた)の上の雲の影(かげ)。

교리쿠

바다에서

윤곤강

해 서쪽으로 기울면
일곱 가지 빛깔로 비늘진 구름이
혼란한 저녁을 꾸미고
밤이 밀물처럼 몰려들면
무딘 내 가슴의 벽에
철썩! 부딪쳐 깨어지는 물결…
짙어오는 안개 바다를 덮으면
으레 붉은 헛바닥을 저어 등대는
자꾸 날 오라고 오라고 부른다
이슬 밤을 타고 내리는 바위 기슭에
시름은 갈매기처럼 우짖어도
나의 곁엔 한 송이 꽃도 없어…

나의 밤

가라앉은 밤의 숨결 그 속에서
나는 연방 수없는 밤을 끌어올린다
문을 지치면 바깥을 지나는
바람의 긴 발자취…

달이 창으로 푸르게 배어들면
대낮처럼 밝은 밤이 켜진다
달빛을 쏘이며 나는 사과를 먹는다
연한 생선의 냄새가 난다…

밤의 층층다리를 수없이 기어 올라가면
밟고 지난 층층다리는 뒤로 무너져 넘어간다
발자국을 죽이면 다시 만나는 시름의 불길
— 나의 슬픔은 박쥐마냥 검은 천정에 떠돈다

파초에 태풍불고
대야의 빗방울 소리 듣는 밤이로구나.

芭蕉野分(のわき)して盥(たらい)に雨を聞く夜(よ)かな。

바쇼

물 보면 흐르고

김영랑

물 보면 흐르고
별 보면 또렷한
마음이 어이면 늙으뇨

흰날에 한숨만
끝없이 떠돌던
시절이 가엾고 멀어라

안스런 눈물에 안껴
흩은 잎 쌓인 곳에 빗방울 드듯
느낌은 후줄근히 흘러들어 가건만

그 밤을 홀히 앉으면
무심코 야윈 볼도 만져 보느니
시들고 못 피인 꽃 어서 떨어지거라

여름밤 공원에서

풀은 자라
머리털같이 자라 향기롭고,
나뭇잎에, 나뭇잎에
등불은 기름같이 흘러 있소.

분수(噴水)는 이끼 돋은
돌 위에 빛납니다.
저기, 푸른 안개 너머로

벤취에 쓰러진 사람은 누구입니까.

어디로

내 마음은 어디로 가야 옳으리까
쉬임 없이 궂은비는 나려오고
지나간 날 괴로움의 쓰린 기억
내게 어둔 구름되여 덮히는데.

바라지 않으리라든 새론 히망
생각지 않으리라든 그대 생각
번개같이 어둠을 깨친다마는
그대는 닿을 길 없이 높은데 계시오니

아— 내 마음은 어디로 가야 옳으리까.

윤동주

尹東柱. 1917~1945. 일제강점기의 저항(항일)시인이자 독립운동가. 아명은 해환(海
煥). 해처럼 빛나라는 뜻이다. 동생인 윤일주의 아명은 환(達煥)이다. 갓난아기 때 세
상을 떠난 동생은 '별환'이다.

윤동주는 만주 북간도의 명동촌에서 태어났으며, 기독교인인 할아버지의 영향을 받
았다. 1931년(14세)에 명동소학교를 졸업하고, 한때 중국인 관립학교인 대랍자 학교
를 다니다 가족이 용정으로 이사하자 용정에 있는 은진중학교에 입학하였다. 1935년
에 평양의 숭실중학교로 전학하였으나, 학교에 신사참배 문제가 발생하여 폐쇄당하
고 말았다. 다시 용정에 있는 광명학원의 중학부로 편입하여 거기서 졸업하였다.

1941년에는 서울의 연희전문학교 문과를 졸업하고, 일본으로 건너가 도쿄에 있는 릿
쿄 대학 영문과에 입학하였다가, 다시 1942년, 도시샤 대학 영문과로 옮겼다. 학업 도
중 귀향하려던 시점에 항일운동을 했다는 혐의로 일본 경찰에 체포되어(1943. 7), 2년
형을 선고받고 후쿠오카 형무소에서 복역하였다. 그러나 복역 중 건강이 악화되어
1945년 2월에 생을 마감하고 말았다. 유해는 그의 고향 용정에 묻혔다. 한편, 그의 죽
음에 관해서는 옥중에서 정체를 알 수 없는 주사를 정기적으로 맞은 결과이며, 이는
일제의 생체실험의 일환이었다는 주장도 제기되고 있다.

15세 때부터 시를 쓰기 시작하여 첫 작품으로 〈삶과 죽음〉 〈초한대〉를 썼다. 발표 작
품으로는 만주의 연길에서 발간된 《가톨릭 소년》지에 실린 동시 〈병아리〉(1936. 11)
〈빗자루〉(1936. 12) 〈오줌싸개 지도〉(1937. 1) 〈무얼 먹구사나〉(1937. 3) 〈거짓부리〉
(1937. 10) 등이 있다. 연희전문학교 시절 작품으로는 《조선일보》에 발표한 산문 〈달
을 쏘다〉, 교지 《문우》지에 게재된 〈자화상〉 〈새로운 길〉이 있다. 그리고 그의 유작인
〈쉽게 쓰여진 시〉가 사후에 《경향신문》에 게재되기도 하였다(1946).

그의 절정기에 쓰인 작품들을 1941년 연희전문학교를 졸업하던 해에 《하늘과 바람과
별과 시》라는 제목으로 발간하려 하였으나 뜻을 이루지 못하였다. 그의 자필 유작 3
부와 다른 작품들을 모아 친구 정병욱과 동생 윤일주가, 사후에 그의 뜻대로 1948년,
《하늘과 바람과 별과 시》라는 제목으로 출간했다.

29년의 짧은 생애를 살았지만 특유의 감수성과 삶에 대한 고뇌, 독립에 대한 소망이
서려 있는 작품들로 인해 대한민국 문학사에 길이 남은 전설적인 문인이다. 2017년
12월 30일, 탄생 100주년을 맞이했다.

백석

白石. 1912~1996. 일제 강점기와 조선민주주의인민공화국의 시인이자 소설가, 번역
문학가이다. 본명은 백기행(白夔行)이며 본관은 수원(水原)이다. '白石(백석)'과 '白奭

'백석'이라는 아호(雅號)가 있었으나, 작품에서는 거의 '白石(백석)'을 쓰고 있다.

평안북도 정주(定州) 출신. 오산고등보통학교를 마친 후, 일본에서 1934년 아오야마 학원 전문부 영어사범과를 졸업하였다. 부친 백용삼과 모친 이봉우 사이의 3남 1녀 중 장남으로 출생했다. 부친은 우리나라 사진계의 초기인물로 《조선일보》의 사진반 장을 지냈다. 모친 이봉우는 단양군수를 역임한 이양실의 딸로 소문에 의하면 기생 내지는 무당의 딸로 알려져 백석의 혼사에 결정적인 지장을 줄 정도로 당시로서는 심한 천대를 받던 천출의 소생으로 알려져 있다.

1930년 《조선일보》 신년현상문예에 1등으로 당선된 단편소설 〈그 모(母)와 아들〉로 등단했고, 몇 편의 산문과 번역소설을 내며 작가와 번역가로서 활동했다. 실제로는 시작(詩作) 활동에 주력했으며, 1936년 1월 20일에는 그간 《조선일보》와 《조광(朝光)》에 발표한 7편의 시에, 새로 26편의 시를 더해 시집 《사슴》을 자비로 100권 출간했다. 이 무렵 기생 김진향을 만나 사랑에 빠졌고 이때 그녀에게 '자야(子夜)'라는 아호를 지어주었다.

이후 1948년 《학풍(學風)》 창간호(10월호)에 〈남신의주 유동 박시봉방(南新義州 柳洞 朴時逢方)〉을 내놓기까지 60여 편의 시를 여러 잡지와 신문, 시선집 등에 발표했으나, 분단 이후 북한에서의 활동은 정확히 알려진 것이 없다.

백석은 자신이 태어난 마을과 마을 사람들 그리고 주변 자연을 대상으로 시를 썼다. 작품에는 평안도 방언을 비롯하여 여러 지방의 사투리와 고어를 사용했으며 소박한 생활 모습과 철학적 단면이 시에 잘 드러나 있다. 그의 시는 한민족의 공동체적 친근성에 기반을 두었고 작품의 도처에는 고향의 부재에 대한 상실감이 담겨 있다.

정지용

鄭芝溶. 1902~1950. 대한민국의 대표적 서정 시인이다. 충청북도 옥천군 옥천면 하계리에서 한의사인 정태국과 정미하 사이에서 맏아들로 태어났다. 연못의 용이 하늘로 올라가는 태몽을 꾸었다고 하여 아명은 지룡(池龍)이라고 하였다. 당시 풍습에 따라 열두 살에 송재숙(宋在淑)과 결혼하였으며, 1914년 아버지의 영향으로 로마 가톨릭에 입문하며 '방지거(方濟各, 프란치스코)'라는 세례명을 받았다. 정지용은 섬세하고 독특한 언어를 구사하며, 생생하고 선명한 대상 묘사에 특유의 빛을 발하는 시인이다. 한국현대시의 신경지를 열었다는 평가를 받고 있으며, 이상을 비롯하여 조지훈, 박목월 등과 같은 청록파 시인들을 등장시키기도 했다. 그는 휘문고보 재학 시절 〈서광〉 창간호에 소설 〈삼인〉을 발표하였으며, 일본 유학시절에는 대표작이 된 〈향수〉를 썼다. 1930년에 시문학 동인으로 본격적인 문단활동을 했고, 구인회를 결성하고, 문장지의 추천위원으로도 활동했다. 해방 이후에는 《경향신문》의 주간으로 일하며 대학에도 출강했는데, 이화여대에서는 라틴어와 한국어를, 서울대에서는 시경을 강의했다. 1950년 한국전쟁이 일어난 뒤에는 김기림, 박영희 등과 함께 서대문형무소에 수용되었다가, 이후 납북되었다가 사망하였다. 사망 장소와 시기는 정확히 확인되지 않는데, 1953년 평양에서 사망했다고 알려져 있다. 주요 저서로는 《정지용 시집》 《백록담》 《지용문학독본》 등이 있다. 그의 고향 충북 옥천에서는 매년 5월에 지용제를 개최하고 있으며, 1989년부터는 시와 시학사에서 정지용문학상을 제정하여 매년 시상하고 있다.

노천명

盧天命. 1911~1957. 일제 강점기의 시인, 작가, 언론인이다. 본관은 풍천(豊川)이며, 황해도 장연군 출신이다. 아명은 노기선(盧基善)이나, 어릴 때 병으로 사경을 넘긴 뒤 개명하였다. 1930년 진명여학교를 졸업하고, 그해 이화여전 영문학과에 입학했다. 이화여전 재학 때인 1932년에 시 〈밤의 찬미〉 〈포구의 밤〉 등을 발표했다. 그 후 〈눈 오는 밤〉 〈망향〉 등 주로 애틋한 향수를 노래한 시들을 발표했다. 널리 애송된 그의 대표작 〈사슴〉으로 인해 '사슴의 시인'으로 불리기도 했다. 독신으로 살았던 그의 시에는 주로 개인적인 고독과 슬픔의 정서가 부드럽게 담겨 있다.

김영랑

金永郞. 1903~1950. 시인. 본관은 김해(金海). 본명은 김윤식(金允植). 영랑은 아호인데 《시문학(詩文學)》에 작품을 발표하면서부터 사용하기 시작하였다. 전라남도 강진 출신. 1915년 강진보통학교를 졸업한 뒤 혼인하였으나 1년 반 만에 부인과 사별하였다. 초기 시는 1935년 박용철에 의하여 발간된 《영랑시집》 초판의 수록시편들이 해당되는데, 여기서는 자연에 대한 깊은 애정이나 인생 태도에 있어서의 역정(逆情)·회의 같은 것은 찾아볼 수 없다. '슬픔'이나 '눈물'의 용어가 수없이 반복되면서 그 비애의식은 영탄이나 감상에 기울지 않고, '마음'의 내부로 향해져 정감의 극치를 이루고 있다. 그의 초기 시는 같은 시문학동인인 정지용 시의 감각적 기교와 더불어 그 시대 한국 순수시의 극치를 보여주고 있다. 그러나 1940년을 전후하여 민족항일기 말기에 발표된 〈거문고〉 〈독(毒)을 차고〉 〈망각(忘却)〉 〈묘비명(墓碑銘)〉 등 일련의 후기 시에서는 그 형태적인 변모와 함께 인생에 대한 깊은 회의와 '죽음'의 의식이 나타나 있다.

이장희

李章熙. 1900~1929. 시인. 본명은 이양희(李樑熙), 아호는 고월(古月). 대구 출신. 1920년에 이장희(李樟熙)로 개명하였으나 필명으로 장희(章熙)를 사용한 것이 본명처럼 되었다. 문단의 교우 관계는 양주동(梁柱東)·유엽(柳葉)·김영진(金永鎭)·오상순(吳相淳)·백기만(白基萬)·이상화(李相和) 등 극히 제한되어 있었다. 세속적인 것을 싫어하여 고독하게 살다가 1929년 11월 대구 자택에서 음독자살하였다. 이장희의 전 시편에 나타난 시적 특색은 섬세한 감각과 시각적 이미지, 그리고 계절의 변화에 따른 시적 소재의 선택에 있다. 대표작 〈봄은 고양이로다〉는 다분히 보들레르와 같은 발상법을 바탕으로 하고 있는데 '고양이'라는 한 사물이 예리한 감각으로 조형되어 생생한 감각미를 보이고 있다. 이 시는 작자의 순수지각(純粹知覺)에서 포착된 대상인 고양이를 통해서 봄이 주는 감각을 집약적으로 표현하고 있다. 1920년대 초반의 시단은 퇴폐주의·낭만주의·자연주의·상징주의 등 서구 문예사조에 온통 휩싸여 퇴폐성이나 감상성이 지나치게 노출되어 있었음에도 불구하고, 그의 시는 섬세한 감각과 이미지의 조형성을 보여주고 있다. 바로 뒤를 이어 활동한 정지용(鄭芝溶)과 함께 한국시사에서 새로운 시적 경지를 개척하였다.

윤곤강

尹崑崗. 1911~1949. 시인. 충청남도 서산 출생. 본명은 붕원(朋遠). 1933년 일본 센슈대학을 졸업했으며, 1934년 《시학》 동인의 한 사람으로 문단에 등장했다. 초기에는 카프파의 한 사람으로 시를 썼으나 곧 암흑과 불안, 절망을 노래하는 퇴폐적 시풍을 띠게 되었고 풍자적인 시를 썼다. 그러나 해방 후에는 전통적 정서에 대한 애착과 탐구를 시에 표현했다. 동인지 《시학》을 주간, 그 밖의 시집으로 《빙하》 《동물시집》 《살어리》 등이 있고, 시론집으로 《시와 진실》이 있다.

한용운

韓龍雲. 1879~1944. 일제 강점기의 시인, 승려, 독립운동가. 본관은 청주. 호는 만해(萬海)이다. 불교를 통해 혁신을 주장하며 언론 및 교육 활동을 했다. 그는 작품에서 퇴폐적인 서정성을 배격하였으며 조선의 독립 또는 자연을 부처에 빗대어 '님'으로 형상화했으며, 고도의 은유법을 구사했다. 1918년 《유심》에 시를 발표하였고, 1926년 〈님의 침묵〉 등의 시를 발표하였다. 〈님의 침묵〉에서는 기존의 시와, 시조의 형식을 깬 산문시 형태로 시를 썼다. 소설가로도 활동하여 1930년대부터는 장편소설 《흑풍(黑風)》 《철혈미인(鐵血美人)》 《후회》 《박명(薄命)》 단편소설 《죽음》 등을 비롯한 몇 편의 장편, 단편 소설들을 발표하였다. 1931년 김법린 등과 청년승려비밀결사체인 만당(卍黨)을 조직하고 당수로 취임했다. 한용운은 교우관계에 있어서도 좋고 싫음이 분명하여, 친일로 변절한 시인들에 대해서는 막말을 하는가 하면 차갑게 모른 체했다고 한다.

권환

權煥. 1903~1954. 경상남도 창원 출생. 1930년대 초 프로문학의 볼셰비키화를 주도한 대표적인 사회주의적 성격의 활동을 많이 한 시인이자 비평가이다. 1925년 일본 유학생잡지 《학조》에 작품을 발표하였고, 1929년 《학조》 필화사건으로 또 다시 구속되었다. 이 시기 일본 유학중인 김남천·안막·임화 등과 친교를 맺으며 카프 동경지부인 무신자사에서 활약하는 등 진보적 지식인의 면모를 보였다. 1930년 임화 등과 함께 귀국, 이른바 카프의 소장파로서 구카프계인 박영희·김기진 등을 따돌리고 카프의 주도권을 장악하였다.

변영로

卞榮魯. 1898~1961. 시인, 영문학자, 대학 교수, 수필가, 번역문학가이다. 신문학 초창기에 등장한 신시의 선구자로서, 압축된 시구 속에 서정과 상징을 담은 기교를 보였다. 민족의식을 시로 표현했으며 수필에도 재능이 있었다. 그의 시작 활동은 1918년 《청춘》에 영시 〈코스모스(Cosmos)〉를 발표하면서부터 시작되었는데 당시에는 천재시인이라는 찬사를 받기도 하였다. 그의 작품들은 부드럽고 정서적이어서 한때 시단의 주목을 받았으며, 작품 기저에는 민족혼을 일깨우고자 한 의도도 깔려 있었다. 대표작으로 〈논개〉를 들 수 있다.

박용철

朴龍喆. 1904~1938. 시인. 문학평론가. 번역가. 전라남도 광산(지금의 광주광역시 광산구) 출신. 아호는 용아(龍兒). 배재고등보통학교를 거쳐 일본에서 수학하였다. 일본 유학 중 김영랑을 만나 1930년 《시문학》을 함께 창간하며 문학에 입문했다. 〈떠나가는 배〉 등 식민지의 설움을 드러낸 시로 이름을 알렸으나, 정작 그는 이데올로기나 모더니즘은 지양하고 대립하여 순수문학이라는 흐름을 이끌었다. 〈밤기차에 그대를 보내고〉 〈싸늘한 이마〉 〈비 내리는 날〉 등의 순수시를 발표하며 초기에는 시작 활동을 많이 했으나, 후에는 주로 극예술연구회의 회원으로 활동하면서 해외 시와 희곡을 번역하고 평론을 발표하는 활동을 하였다. 1938년 결핵으로 요절하여 생전에 자신의 작품집은 내지 못하였다.

마쓰오 바쇼

松尾芭蕉. 1644~1694. 하이쿠의 완성자이며 하이쿠의 성인, 방랑미학의 창시자로 불린다. 마쓰오 바쇼는 에도 시대 전기에 해당하는 1644년 일본 남동부 교토 부근의 이가우에노에서 하급 무사 겸 농부의 아들로 태어났다. 본명은 마쓰오 무네후사이고, 어렸을 때 이름은 긴사쿠였다. 아버지가 일찍 세상을 뜨자 곤궁한 살림으로 인해 바쇼는 열아홉 살에 지역의 권세 있는 무사 집에 들어가 그 집 아들 요시타다를 시봉하며 지냈다. 두 살 연상인 요시타다는 하이쿠에 취미가 있어서 교토의 하이쿠 지도자기타무라 기긴에게 사사하는 중이었다. 친동생처럼 요시타다의 총애를 받은 바쇼도 이것이 인연이 되어 하이쿠의 세계를 접하고 기긴의 가르침을 받게 되었다. 언어유희에 치우친 기존의 하이쿠에서 탈피해 문학적인 하이쿠를 갈망하던 이들이 바쇼에게서 진정한 하이쿠 시인의 모습을 발견했고, 산푸·기카쿠·란세쓰·보쿠세키·란란 등 수십 명의 뛰어난 젊은 시인들이 바쇼의 문하생으로 모임으로써 에도의 하이쿠 문단은 일대 전기를 맞이했다. 부유한 문하생들의 후원으로 문학적으로나 경제적으로나 안정된 생활도 보장되었다. 서른일곱 살에 '옹'이라는 경칭을 들을 정도로 하이쿠 지도자로서 성공적인 삶을 누렸으나 37세에 모든 지위와 명예를 내려놓고 작은 오두막에 은둔생활을 하고 방랑생활을 하다 길 위에서 생을 마감했다.

요사 부손

与謝蕪村. 1716~1784. 에도 시대의 하이쿠 시인. 본명 다니구치 노부아키. 요사 부손은 고바야시 잇사, 마쓰오 바쇼와 함께 하이쿠의 3대 거장으로 분류된다. 일본식 문인화를 집대성한 화가이기도 하다. 부유한 집안에서 태어났지만 예술가가 되기 위하여집을 떠나 여러 대가들에게 하이쿠를 배웠다. 회화에서는 하이쿠의 정취를 적용해 삶의 리얼리티를 해학적으로 표현했으며, 하이쿠에서는 화가의 시선으로 사물을 섬세하게 묘사해 아름답고 낭만적이면서도 생생하게 시작을 했다. 평소에 마쓰오 바쇼를존경하여, 예순의 나이에 편찬한 《파초옹부합집(芭蕉翁附合集)》의 서문에 "시를 공부하려면 우선 바쇼의 시를 외우라"고 적었다. 부손에게 하이쿠와 그림은 표현 양식만이 다를 뿐 자신의 감성을 표출하는 수단이었다. 그가 남긴 그림 〈소철도(蘇鐵圖)〉는중요지정문화재이며, 교토의 야경을 그린 〈야색루태도(夜色樓台圖)〉도 유명하다. 이케 다이가와 공동으로 작업한 〈십편십의도(十便十宜圖)〉 역시 대표작으로 꼽힌다.

모리카와 교리쿠

森川許六. 1656~1715. 에도 시대 전기부터 중기까지의 하이쿠 시인. 마쓰오 바쇼에게 시를 배웠다. 일설에는 '許六'라는 이름은 그가 창술, 검술, 승마, 서예, 회화, 배해등 6가지 재주를 갖고 있었기에 '6'의 글자를 준 것이라고 한다. 다재다능하고 세심했으며 독창적으로 시작을 했다. 바쇼 문학을 사랑했으며, 바쇼와는 사제지간이라기보다는 친한 예술적 동료로서 상호존중하고 있었다.

앙리 마티스

Henri Émile-Benoit Matisse. 1869~1954. 프랑스의 화가. 파블로 피카소와 함께 '20세기 최대의 화가'로 꼽힌다. 1900년경에 야수주의 운동의 지도자였던 마티스는 평생 동안 색채의 표현력을 탐구했다.

십대 후반에 한 변호사의 조수로 일했던 마티스는 드로잉 수업을 듣기 시작했다. 몇 년 후 맹장염 수술을 받은 그는 오랜 회복기 동안 그림에 대한 열정이 눈을 떠, 본격적으로 그림을 그리기 시작했다. 1891년 마티스는 법률 공부를 포기하고 회화를 공부하기 위해 파리로 갔다. 22세 때 파리로 나가 그림 공부를 하고, 1893년 파리 국립 미술 학교에 들어가 구스타프 모로에게서 배웠다. 1904년 무렵에 전부터 친분이 있는 피카소·드랭·블라맹크 등과 함께 20세기 최초의 혁신적 회화 운동인 야수파 운동에 참가하여, 그 중심인물로 활약했다.

많은 수의 정물화와 풍경화들을 포함한 그의 초기 작품들은 어두운 색조를 띠었다. 그러나 브르타뉴에서 여름휴가를 보낸 후, 변화가 시작되었고, 생생한 색의 천을 둘러싼 사람들의 모습, 자연광의 색조 등을 표현하며 활력 넘치는 그림을 그렸다. 인상주의에 강한 인상을 받은 마티스는 다양한 회화 양식과 빛의 기법들을 실험했다. 에두아르 마네, 폴 세잔, 조르주 피에르 쇠라, 폴 시냐크의 작품을 오랫동안 경외해왔던 그는 1905년에 앙드레 드랭을 알게 되어 친구가 되었다.

드랭과 마티스과 처음으로 공동 전시회를 열었을 때, 미술 비평가들은 이 작품들을 조롱하듯 '레 포브'(Les Fauves, 야수라는 뜻)라고 불렀다. 작품의 원시주의를 비하한 것이다. 전시관람객들은 '야만적인' 색채 사용에 놀랐고, 그림 주제도 '야만적'이라고 비난했다. 이렇게 해서 이 화가들은 '야수들'이라는 별명을 얻게 되었다. 그러나 미술가들의 명성이 높아지고, 그림도 호평을 받고 찾는 사람들도 많아짐에 따라, '야수파'가 하나의 미술 운동이 되었다.

제1차세계대전 후에는 주로 니스에 머무르면서, 모로코·타히티 섬을 여행하였다. 타히티 섬에서는 재혼을 하여 약 7년 동안 거주하였다. 만년에는 색도 형체도 단순화되었으며, 밝고 순수한 빛과 명쾌한 선에 의하여 훌륭하게 구성된 평면적인 화면은 '세기의 경이'라고까지 평가되고 있다. 제2차세계대전 후에 시작하여 1951년에 완성한 반(Vannes) 예배당의 장식은 세계 화단의 새로운 기념물이다. 대표작으로 〈춤〉 〈젊은 선원〉 등이 있다.

0-1
Large Red Interior 1948

0-2
Icarus 1944

1-1
Women on the Beach, Etrétat 1920

1-2
Woman in a Purple Coat 1937

1-3
Blue Nude II 1952

2
Aht Amont Cliffs at Etrétat 1920

3
Landscape Lesquielles St Germain 1903

4
Swiss Landscape (also known as The Road to
chézières à Villars) 1901

5-1
The Open Window 1918

5-2
The Bay of Nice 1918

5-3
Landscape viewed from a Window
1913

6
Savoy Alps(Les Alpes de Savoie) 1901

7
Trivaux Pond(L'Etang de Trivaux) 1917

8
View of Notre Dame 1902

9-1
Woman 1913

9-2
The Music (La Musique) 1939

9-3
Montalban, Landscape 1918

10
Open Window, Etrétat 1920

11-1
Dance (II) 1910

11-2
The Romanian Blouse 1940

11-3
Red Studio 1911

12
Nude in a Wood 1906

13
The Dream 1940

14-1
Arcueil 1899

14-2
Algerian Woman 1909

14-3
Harmony in Red(The Red Room) 1908

15
The Bay of Tangier 1912

16-1
The Open Window 1921

16-2
Boats at Etrétat 1920

17
Woman Holding Umbrella 1919

18
Olive Trees 1898

19
Landscape with Brook. Brook with Aloes
1907

20
The Little Gate of the Old Mill 1898

21
Chalais Meudon 1917

22
Woman Before a Fish Bowl 1922

23
The Pink Studio 1911

24
Corsican Landscape 1898

25
The Stream near Nice 1919

26
Boats on the beach, Etrétat 1920

27-1
Interior with a Bowl with Red Fish 1914

27-2
The Italian Woman 1916

27-3
Studio, Quay of Saint-Michel 1916

28
Woman at the Fountain 1917

29
Open Window at Collioure 1910

30
Nasturtiums with "The Dance (II)" 1912

31-1
Copse of the Banks of the Garonne 1900

31-2
Pascal's Pensees 1924

31-3
Portrait of Woman 1919

열두 개의 달 시화집
八月.
그리고 지중지중 물가를 거닐면

초판 1쇄 발행 2018년 8월 15일
　　3쇄 발행 2022년 2월 23일

지은이 윤동주 외 13명
그린이 앙리 마티스
발행인 정수동
발행처 저녁달

출판등록 2017년 1월 17일 제406-2017-000009호
주소 경기도 파주시 문발로 142 쌈지빌딩 304호
전화 02-599-0625
팩스 02-6442-4625
이메일 moon5990625@gmail.com
인스타그램 @moon5990625
ISBN 979-11-963243-7-7　02810

값 9,800원